Para querer bem

Manuel Bandeira

Para querer bem

ORGANIZADOR
BARTOLOMEU CAMPOS DE QUEIRÓS

global editora

© Condomínio dos Proprietários dos Direitos Intelectuais
de Manuel Bandeira
Direitos cedidos por Solombra – Agência Literária
(solombra@solombra.org)
2ª Edição, Global Editora, São Paulo 2013
3ª Reimpressão, 2020

    Jefferson L. Alves – diretor editorial
    Gustavo Henrique Tuna – editor assistente
    André Seffrin – coordenação editorial
    Flávio Samuel – gerente de produção
    Julia Passos – assistente editorial
    Alexandra Resende – revisão
    Daniel Bueno – ilustrações
    Eduardo Okuno – projeto gráfico e capa

Obra atualizada conforme o
NOVO ACORDO ORTOGRÁFICO DA LÍNGUA PORTUGUESA.

Fotos de Manuel Bandeira na orelha e página 119: Acervo pessoal do autor, ora em guarda no Arquivo-Museu de Literatura Brasileira/Fundação Casa de Rui Barbosa – RJ.

A Global Editora agradece à Solombra – Agência Literária pela gentil cessão dos direitos de imagem de Manuel Bandeira.

CIP-BRASIL. CATALOGAÇÃO NA PUBLICAÇÃO
SINDICATO NACIONAL DOS EDITORES DE LIVROS, RJ

B166p
2. ed.

    Bandeira, Manuel, 1886-1968
  Para querer bem / Manuel Bandeira ; organização Bartolomeu Campos de Queirós ; ilustração Daniel Bueno. – 2. ed. – São Paulo : Global, 2013.

    ISBN 978-85-260-1883-9

    1. Poesia infantojuvenil brasileira. I. Queirós, Bartolomeu Campos de, 1944-2012. II. Bueno, Daniel, 1973-. III. Título.

13-00887   CDD: 028.5
                                                  CDU: 087.5

Direitos Reservados

global editora e distribuidora ltda.
Rua Pirapitingui, 111 – Liberdade
CEP 01508-020 – São Paulo – SP
Tel.: (11) 3277-7999 – Fax: (11) 3277-8141
e-mail: global@globaleditora.com.br
www.globaleditora.com.br

Colabore com a produção científica e cultural.
Proibida a reprodução total ou parcial desta obra sem a autorização do editor.

Nº de Catálogo: **3512**

SUMÁRIO

Apresentação – *Bartolomeu Campos de Queirós* 11

Namorados (Libertinagem) 17

Outra trova (Mafuá do malungo) 19

Madrigal do pé para a mão (Mafuá do malungo) 21

Sapo-cururu (Mafuá do malungo) 23

Na Rua do Sabão (O ritmo dissoluto) 25

Profundamente (Libertinagem) 29

Debussy (Carnaval) 33

Vozes na noite (Opus 10) 35

Canto de Natal (Belo belo) 37

Três letras para melodias de Villa-Lobos (Mafuá do
malungo) 39

A estrela (Lira dos cinquent'anos) 43

O menino doente (O ritmo dissoluto) 45

Mote e glosas (Mafuá do malungo) 47

Arte de amar (Belo belo) 49

Os sinos (O ritmo dissoluto) 51

Irene no céu (Libertinagem) 55

Madrigal tão engraçadinho (Libertinagem) 57

Porquinho-da-índia (Libertinagem) 59

A onda (Estrela da tarde) 61

O amor, a poesia, as viagens (Estrela da manhã) 63

Trem de ferro (Estrela da manhã) 65

Andorinha (Libertinagem) 69

Rondó do capitão (Lira dos cinquent'anos) 71

Sacha (Mafuá do malungo) 73

Pardalzinho (Lira dos cinquent'anos) 75

Céu (Belo belo) 77

Trova (Mafuá do malungo)..79

Eu vi uma rosa (Lira dos cinquent'anos) 81

Desafio (Lira dos cinquent'anos) 85

Acalanto de John Talbot (Lira dos cinquent'anos) 87

Toada (Mafuá do malungo)...89

O bicho (Belo belo) 91

Azulão ("Poemas musicados" [Poesia e prosa, v. 1])..............93

Teu nome (Mafuá do malungo)..95

Adalardo (Mafuá do malungo) 97

Carlos Drummond de Andrade (Mafuá do malungo)..............99

Duas Marias (Mafuá do malungo).......................................101

Eduarda (Mafuá do malungo) 103

Francisca (Mafuá do malungo)...105

Joanita (Mafuá do malungo) 107

Manuel Bandeira (Mafuá do malungo) 109

Márcia (Mafuá do malungo) 111

Marisa (Mafuá do malungo) 113

Ria, Rosa, Ria! (Mafuá do malungo)....................................115

Rosalina (Mafuá do malungo)...117

APRESENTAÇÃO

Toda memória guarda uma infância. Muitas vezes o ofício do poeta é deixar esse reino reacontecer sem ignorar a poesia que houve lá. A criança que vive nele acorda e sua vida se vê invadida por um ontem que permanece. A lembrança da liberdade desmedida, a presença do encontro com a sonoridade das palavras, o espanto diante do mundo ainda por percorrer são um alimento que compensa o ato de escrever.

Manuel Bandeira entrega-nos, ao longo de sua obra, muitos fragmentos da infância sem adulterá-los. Ele preserva e confirma a poesia como um patrimônio também da criança. A capacidade que o sujeito tem, desde sua origem, de querer deitar encanto sobre as coisas, ele a renova em cada verso e nos remete a um estado poético que já conhecemos um dia.

Daí sua poesia, em tantos momentos, se fazer possível a todos, pelo que há de rigorosa singeleza. Manuel Bandeira praticou, em sua obra, a existência como um fio único, sem rupturas. Pelo lúdico, pelo humor, pelo que existe de inusitado em sua construção, ele nos surpreende. Ele nos faz experimentar que a poesia está em nós e sua função de poeta é jogar luz sobre esse nosso lugar. Por ele o leitor se faz proprietário da intuição poética que nos funda.

A poesia de Manuel Bandeira, mais que mostrar um novo olhar sobre o mundo, nos faz sensíveis e gratos pelo seu exercício ao nos fazer florescer sobre nossas próprias raízes.

BARTOLOMEU CAMPOS DE QUEIRÓS

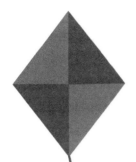

Para querer bem

NAMORADOS

O rapaz chegou-se para junto da moça e disse:
– Antônia, ainda não me acostumei com o seu
[corpo, com a sua cara.

A moça olhou de lado e esperou.

– Você não sabe quando a gente é criança e de
[repente vê uma lagarta listada?

A moça se lembrava:
– A gente fica olhando...

A meninice brincou de novo nos olhos dela.

O rapaz prosseguiu com muita doçura:

– Antônia, você parece uma lagarta listada.

A moça arregalou os olhos, fez exclamações.

O rapaz concluiu:

– Antônia, você é engraçada! Você parece louca.

Outra trova

Sombra da nuvem no monte,
Sombra do monte no mar.
Água do mar em teus olhos
Tão cansados de chorar!

MADRIGAL DO PÉ PARA A MÃO

Teu pé... Será início ou é
Fim? É as duas coisas teu pé.

Por quê? Os motivos são tantos!
Resumo-os sem mais tardanças:
Início dos meus encantos,
Fim das minhas esperanças.

Sapo-cururu

Sapo-cururu
Da beira do rio.
Oh que sapo gordo!
Oh que sapo feio!

Sapo-cururu
Da beira do rio.
Quando o sapo coaxa,
Povoléu tem frio.

Que sapo mais danado,
Ó maninha, ó maninha!
Sapo-cururu é o bicho
Pra comer de sobreposse.

Sapo-cururu
Da barriga inchada.
Vote! Brinca com ele...
Sapo-cururu é senador da República.

Na Rua do Sabão

Cai cai balão
Cai cai balão
Na Rua do Sabão!

O que custou arranjar aquele balãozinho de papel!
Quem fez foi o filho da lavadeira.
Um que trabalha na composição do jornal e tosse
                                                                [muito.
Comprou o papel de seda, cortou-o com amor,
                        [compôs os gomos oblongos...
Depois ajustou o morrão de pez ao bocal de arame.

Ei-lo agora que sobe, – pequena coisa tocante na
                                        [escuridão do céu.

Levou tempo para criar fôlego.
Bambeava, tremia todo e mudava de cor.
A molecada da Rua do Sabão
Gritava com maldade:
Cai cai balão!

Subitamente, porém, entesou, enfunou-se e
            [arrancou das mãos que o tenteavam.

E foi subindo...

           para longe...

                      serenamente...

Como se o enchesse o soprinho tísico do José.

Cai cai balão!

A molecada salteou-o com atiradeiras

           assobios

           apupos

           pedradas.

Cai cai balão!

Um senhor advertiu que os balões são proibidos

                  [pelas posturas municipais.

Ele foi subindo...

           muito serenamente...

                    para muito longe...

Não caiu na Rua do Sabão.

Caiu muito longe... Caiu no mar, – nas águas puras

                  [do mar alto.

PROFUNDAMENTE

Quando ontem adormeci
Na noite de São João
Havia alegria e rumor
Estrondos de bombas luzes de Bengala
Vozes cantigas e risos
Ao pé das fogueiras acesas.

No meio da noite despertei
Não ouvi mais vozes nem risos
Apenas balões
Passavam errantes
Silenciosamente
Apenas de vez em quando
O ruído de um bonde
Cortava o silêncio
Como um túnel.
Onde estavam os que há pouco
Dançavam
Cantavam
E riam
Ao pé das fogueiras acesas?

– Estavam todos dormindo
Estavam todos deitados
Dormindo
Profundamente

*

Quando eu tinha seis anos
Não pude ver o fim da festa de São João
Porque adormeci

Hoje não ouço mais as vozes daquele tempo
Minha avó
Meu avô
Totônio Rodrigues
Tomásia
Rosa
Onde estão todos eles?

– Estão todos dormindo
Estão todos deitados
Dormindo
Profundamente.

Debussy

Para cá, para lá...
Para cá, para lá...
Um novelozinho de linha...
Para cá, para lá...
Para cá, para lá...
Oscila no ar pela mão de uma criança
(Vem e vai...)
Que delicadamente e quase a adormecer o balança
– Psiu... –
Para cá, para lá...
Para cá e...
– O novelozinho caiu.

Vozes na noite

Cloc cloc cloc...
Saparia no brejo?
Não, são os quatro cãezinhos policiais bebendo
[água.

CANTO DE NATAL

O nosso menino
Nasceu em Belém.
Nasceu tão somente
Para querer bem.

Nasceu sobre as palhas
O nosso menino.
Mas a mãe sabia
Que ele era divino.

Vem para sofrer
A morte na cruz,
O nosso menino.
Seu nome é Jesus.

Por nós ele aceita
O humano destino:
Louvemos a glória
De Jesus menino.

Três letras para melodias de Villa-Lobos

II
Quadrilha

Roda, ciranda,
Por aí fora,
Chegou a hora
De cirandar!
Na tarde clara
Vinde ligeiras,
Ó companheiras,
Rir e dançar!

Moças que dançam
Nas horas breves
Dos sonhos leves,
Na doce idade
Das ilusões,
Guardam lembrança,
Boa lembrança
Da mocidade
Nos corações.

Roda, ciranda,
Como essas belas,
Gratas estrelas
Dos nossos céus!
Vamos, em rondas
Precipitadas,
Como levadas
Na asa dos véus!

Moças que dançam
Nas horas leves
Dos sonhos breves,
Na doce idade
Das ilusões,
Guardam lembrança,
Boa lembrança,
Da mocidade
Nos corações.

A ESTRELA

Vi uma estrela tão alta,
Vi uma estrela tão fria!
Vi uma estrela luzindo
Na minha vida vazia.

Era uma estrela tão alta!
Era uma estrela tão fria!
Era uma estrela sozinha
Luzindo no fim do dia.

Por que da sua distância
Para a minha companhia
Não baixava aquela estrela?
Por que tão alta luzia?

E ouvi-a na sombra funda
Responder que assim fazia
Para dar uma esperança
Mais triste ao fim do meu dia.

O MENINO DOENTE

O menino dorme.

Para que o menino
Durma sossegado,
Sentada a seu lado
A mãezinha canta:

– "Dodói, vai-te embora!
"Deixa o meu filhinho.
"Dorme... dorme... meu..."

Morta de fadiga,
Ela adormeceu.

Então, no ombro dela,
Um vulto de santa,
Na mesma cantiga,
Na mesma voz dela,
Se debruça e canta:

– "Dorme, meu amor.
"Dorme, meu benzinho..."

E o menino dorme.

MOTE E GLOSAS

Como pode o peixe vivo
Viver fora da água fria?
Como poderei viver
Sem a tua companhia?
(Toada de Diamantina)

Vi uma estrela tão alta,
Vi uma estrela tão fria!
Estrela, por que me deixas
Sem a tua companhia?

Sonho contigo de noite,
Sonho contigo de dia:
Foi no que deu esta vida
Sem a tua companhia.

Água fria fica quente,
Água quente fica fria.
Mas eu fico sempre frio
Sem a tua companhia.

Nunca mais vou no meu bote
Pescar peixe na baía:
Não quero saber de pesca
Sem a tua companhia.

ARTE DE AMAR

Se queres sentir a felicidade de amar, esquece a
[tua alma.
A alma é que estraga o amor.
Só em Deus ela pode encontrar satisfação.
Não noutra alma.
Só em Deus – ou fora do mundo.

As almas são incomunicáveis.

Deixa o teu corpo entender-se com outro corpo.

Porque os corpos se entendem, mas as almas não.

Os sinos

Sino de Belém,
Sino da Paixão...

Sino de Belém,
Sino da Paixão...

Sino do Bonfim!...
Sino do Bonfim!...

*

Sino de Belém, pelos que inda vêm!
Sino de Belém bate bem-bem-bem.

Sino da Paixão, pelos que lá vão!
Sino da Paixão bate bão-bão-bão.

Sino do Bonfim, por quem chora assim?...

*

Sino de Belém, que graça ele tem!
Sino de Belém bate bem-bem-bem.

Sino da Paixão – pela minha mãe!
Sino da Paixão – pela minha irmã!

Sino do Bonfim, que vai ser de mim?...

*

Sino de Belém, como soa bem!
Sino de Belém bate bem-bem-bem.

Sino da Paixão... Por meu pai?... – Não! Não!...
Sino da Paixão bate bão-bão-bão.

Sino do Bonfim, baterás por mim?...

*

Sino de Belém,
Sino da Paixão...
Sino da Paixão, pelo meu irmão...

Sino da Paixão,
Sino do Bonfim...
Sino do Bonfim, ai de mim, por mim!

*

Sino de Belém, que graça ele tem!

IRENE NO CÉU

Irene preta
Irene boa
Irene sempre de bom humor.

Imagino Irene entrando no céu:
– Licença, meu branco!
E São Pedro bonachão:
– Entra, Irene. Você não precisa pedir licença.

MADRIGAL TÃO ENGRAÇADINHO

Teresa você é a coisa mais bonita que eu vi até hoje
[na minha vida, inclusive o porquinho-da-índia
[que me deram quando eu tinha seis anos.

PORQUINHO-DA-ÍNDIA

Quando eu tinha seis anos
Ganhei um porquinho-da-índia.
Que dor de coração me dava
Porque o bichinho só queria estar debaixo do
[fogão!
Levava ele pra sala
Pra os lugares mais bonitos mais limpinhos
Ele não gostava:
Queria era estar debaixo do fogão.
Não fazia caso nenhum das minhas ternurinhas...

– O meu porquinho-da-índia foi a minha primeira
[namorada.

A ONDA

A O N D A

a onda anda

aonde anda

a onda?

a onda ainda

ainda onda

ainda anda

aonde?

aonde?

a onda a onda

O AMOR, A POESIA, AS VIAGENS

Atirei um céu aberto
Na janela do meu bem:
Caí na Lapa – um deserto...
– Pará, capital Belém!...

[1933]

TREM DE FERRO

Café com pão
Café com pão
Café com pão

Virge Maria que foi isto maquinista?

Agora sim
Café com pão
Agora sim
Voa, fumaça
Corre, cerca
Ai seu foguista
Bota fogo
Na fornalha
Que eu preciso
Muita força
Muita força
Muita força

Oô...
Foge, bicho
Foge, povo
Passa ponte
Passa poste
Passa pasto
Passa boi
Passa boiada

Passa galho
De ingazeira
Debruçada
No riacho
Que vontade
De cantar!

Oô...
Quando me prendero
No canaviá
Cada pé de cana
Era um oficiá
Oô...
Menina bonita
Do vestido verde
Me dá tua boca
Pra matá minha sede
Oô...
Vou mimbora vou mimbora
Não gosto daqui
Nasci no sertão
Sou de Ouricuri
Oô...

Vou depressa
Vou correndo
Vou na toda
Que só levo
Pouca gente
Pouca gente
Pouca gente...

Andorinha

Andorinha lá fora está dizendo:
– "Passei o dia à toa, à toa!"

Andorinha, andorinha, minha cantiga é mais triste!
Passei a vida à toa, à toa...

Rondó do capitão

Bão balalão,
Senhor capitão,
Tirai este peso
Do meu coração.
Não é de tristeza,
Não é de aflição:
É só de esperança,
Senhor capitão!
A leve esperança,
A aérea esperança...
Aérea, pois não!
– Peso mais pesado
Não existe não.
Ah, livrai-me dele,
Senhor capitão!

[8 de outubro de 1940]

SACHA

Sacha muchacha,
Nariz de bolacha!

(Meu estro não acha
Outra rima em acha.
Por isso se agacha,
Se cobre de graxa,
Se arranha, se racha,
Se desatarracha
E pede em voz baixa
Desculpas a Sacha.)

PARDALZINHO

O pardalzinho nasceu
Livre. Quebraram-lhe a asa.
Sacha lhe deu uma casa,
Água, comida e carinhos.
Foram cuidados em vão:
A casa era uma prisão,
O pardalzinho morreu.
O corpo Sacha enterrou
No jardim; a alma, essa voou
Para o céu dos passarinhos!

[Petrópolis, 10-3-1943]

Céu

A criança olha
Para o céu azul.
Levanta a mãozinha,
Quer tocar o céu.

Não sente a criança
Que o céu é ilusão:
Crê que o não alcança,
Quando o tem na mão.

Trova

Atirei um limão-doce
Na janela de meu bem:
Quando as mulheres não amam,
Que sono as mulheres têm!

EU VI UMA ROSA

Eu vi uma rosa
– Uma rosa branca –
Sozinha no galho.
No galho? Sozinha
No jardim, na rua.

Sozinha no mundo.

Em torno, no entanto,
Ao sol de mei-dia,
Toda a natureza
Em formas e cores
E sons esplendia.

Tudo isso era excesso.

A graça essencial,
Mistério inefável
– Sobrenatural –
Da vida e do mundo,
Estava ali na rosa
Sozinha no galho.

Sozinha no tempo.

Tão pura e modesta,
Tão perto do chão,
Tão longe na glória
Da mística altura,
Dir-se-ia que ouvisse
Do arcanjo invisível
As palavras santas
De outra Anunciação.

[Petrópolis, 1943]

DESAFIO

Não sou barqueiro de vela,
Mas sou um bom remador:
No lago de São Lourenço
Dei prova do meu valor!
Remando contra a corrente,
Ligeiro como a favor,
Contra a neblina enganosa,
Contra o vento zumbidor!
Sou nortista destemido,
Não gaúcho roncador:
No lago de São Lourenço
Dei prova do meu valor!
Uma só coisa faltava
No meu barco remador:
Ver assentado na popa
O vulto do meu amor...
Mas isso era bom demais
– Sorriso claro dos anjos,
Graça de Nosso Senhor!

[1938]

ACALANTO DE JOHN TALBOT

Dorme, meu filhinho,
Dorme sossegado.
Dorme, que a teu lado
Cantarei baixinho.
O dia não tarda...
Vai amanhecer:
Como é frio o ar!
O anjinho da guarda
Que o Senhor te deu,
Pode adormecer,
Pode descansar,
Que te guardo eu.

[8 de agosto de 1942]

TOADA

Fui sempre um homem alegre.
Mas depois que tu partiste,
Perdi de todo a alegria:
Fiquei triste, triste, triste.

Nunca dantes me sentira
Tão desinfeliz assim:
É que ando dentro da vida
Sem vida dentro de mim.

O BICHO

Vi ontem um bicho
Na imundície do pátio
Catando comida entre os detritos.

Quando achava alguma coisa,
Não examinava nem cheirava:
Engolia com voracidade.

O bicho não era um cão,
Não era um gato,
Não era um rato.

O bicho, meu Deus, era um homem.

[Rio, 27 de dezembro de 1947]

Azulão

Vai,
Azulão,
Azulão,
Companheiro,
Vai!
Vai ver minha ingrata.

Diz
Que sem ela
O sertão
Não é mais
Sertão!
Ai voa,
Azulão,
Vai contar,
Companheiro,
Vai!

TEU NOME

Teu nome, voz das sereias,
Teu nome, o meu pensamento,
Escrevi-o nas areias,
Na água, – escrevi-o no vento.

ADALARDO

Adalardo! Nome assim
Não parece de homem não.
De estrela alfa, isto sim,
De grande constelação.

Você sempre foi, aliás,
No seu ar fino e galhardo,
Digno do nome que traz,
Meu caro amigo Adalardo.

CARLOS DRUMMOND DE ANDRADE

O sentimento do mundo
É amargo, ó meu poeta irmão!
Se eu me chamasse Raimundo!...
Não, não era solução.
Para dizer a verdade,
O nome que invejo a fundo
É Carlos Drummond de Andrade.

DUAS MARIAS

Duas Marias: Cristina
E sua gêmea Isabel.
A ambas saúda e se assina
Servo e admirador Manuel.

Pincel que pintar Cristina
Tem que pintar Isabel.
Se o pintor for o Candinho,
Então é a sopa no mel.

Dorme sem susto, Cristina,
Dorme sem medo, Isabel:
Nossa Senhora vos nina,
Ao pé está o Anjo Gabriel.

Eduarda

Mais do que tu de mim
Gosto, Eduarda, de ti.
És mais que sapoti,
Sereia, és sapotim.

FRANCISCA

Francisca, Chica, Chiquita,
Qualquer *petit nom* que tome,
Quero que seja bonita
Como é bonito o seu nome!

JOANITA

Não é Joe, não é Joana,
Nem Juanita: é Joanita.
A diferença é pequena,
Mas nessa diferencita,
Que em suma é tão pequenina,
Há a graça que não está dita,
Que é privilégio da dona,
Que já toda a gente cita
E assim talvez não reúna
Nenhuma moça bonita.

Manuel Bandeira

Manuel Bandeira
(Sousa Bandeira.
O nome inteiro
Tinha Carneiro.)

Eu me interrogo:
– Manuel Bandeira,
Quanta besteira!
Olha uma cousa:
Por que não ousa
Assinar logo
Manuel de Sousa?

MÁRCIA

Se tomares como Norma
Reto caminho na vida,
Viverás da melhor forma:
Terás bom nome, conforto
E ventura garantida,
Pois chegarás a bom porto
Como ela (ou sem moela!),
Márcia bela.

MARISA

Muitas vezes a beira-mar
Sopra um fresco alento de brisa
Que vem do largo a suspirar...
Assim é o teu nome, Marisa,
Que principia igual ao mar
E acaba mais suave que a brisa.

RIA, ROSA, RIA!

A Guimarães Rosa

Acaba a Alegria
Dizendo-nos: – Ria!
Velha companheira,
Boa conselheira!

Por isso me rio
De mim para mim.
Rio, rio, rio!
E digo-lhe: – Ria,
Rosa, noite e dia!
No calor, no frio,
Ria, ria! Ria,
Como lhe aconselha
Essa doce velha
Cheirando a alecrim,
A alegre Alegria!

ROSALINA

Rosalina.
Rosa ou Lina?
Lina ou Linda?
Flor ainda!
Flor purpúrea,
Mais singela
Que Adozinda:
Rosalina!
Rosalinda!

Manuel Bandeira nasceu em 19 de abril de 1886, em Recife, e faleceu no Rio de Janeiro, em 13 de outubro de 1968. Em 1904, doente de tuberculose, abandonou os estudos de arquitetura e começou a se dedicar exclusivamente à literatura. Publicou seu primeiro livro, *A cinza das horas*, em 1917. Considerado um dos poetas brasileiros de maior influência sobre as novas gerações, foi também professor, jornalista, cronista, ensaísta e, a partir de 1940, membro da Academia Brasileira de Letras.

Nascido em 1944, **Bartolomeu Campos de Queirós** viveu sua infância em Papagaio, cidade com gosto de "laranja-serra-d´água", no interior de Minas Gerais. Considerava-se um andarilho, aprendendo e vendo este imenso país. Em 1974, publicou seu primeiro livro, *O peixe e o pássaro*, e desde então firmou seu estilo de escrita, uma prosa poética da mais alta qualidade. Faleceu em 2012, em Belo Horizonte.

Conheça outros títulos de Manuel Bandeira pela Global Editora:

A aranha e outros bichos

Poeta das coisas simples, que fala do povo e para o povo, nesta antologia Manuel Bandeira dialoga com os animais com o fascínio e a naturalidade que sempre caracterizaram a sua poesia.

Organizada por Carlito Azevedo, esta coletânea traz um Manuel Bandeira em contato vivo com os bichos. Em um poema, divide sua angústia com uma andorinha, em outros, revela uma inusitada paixão por um porquinho-da-índia, assim como canta a profunda saudade que sente de uma cotovia e do som das cigarras que ouviu em seu tempo de menino. Retomando o mito grego de Aracne, também inventa-se na pele de uma aranha.

Ao contrário do que diz para a andorinha, Bandeira não passou a vida à toa, à toa. Criou uma poesia universal, sem idade, que mostra a beleza da vida e do cotidiano. Em *A aranha e outros bichos*, celebra a doçura e a astúcia dos animais, companheiros e espelho dos homens. E de tanto falar de bichos temos a sensação de que ele está mesmo é falando da gente.

Antologia poética

A seleção de poemas de Manuel Bandeira que compõe esta antologia franqueia ao leitor a experiência de acompanhar as transformações de um poeta de primeira cepa de nossa literatura.

Principia com os versos que fazem parte de *A cinza das horas*, ainda com os sulcos do simbolismo português. Poesias de *Carnaval*, como "Os sapos", apresentam o poeta do Castelo astuciosamente praticando o verso livre. Poemas como "Berimbau", de *O ritmo dissoluto*, sinalizam o caminhar de Bandeira rumo à quebra da cadência rítmica tradicional.

Em criações como "Poética", de *Libertinagem*, talvez tenhamos o ápice deste percurso rumo à liberdade formal, traço que tanto caracterizaria o movimento modernista. "Vou-me embora pra Pasárgada", poema que permanece até hoje ecoando no inconsciente coletivo brasileiro, projeta o desejo de se transportar para um espaço idílico onde se possa vivenciar os momentos comuns da vida. Valorizar os elementos cotidianos, inclusive, é um traço onipresente na poética bandeiriana.

Selecionados pelo próprio Bandeira, os poemas que integram esta *Antologia poética* são preciosidades do repertório poético de um dos maiores artistas brasileiros da palavra.

Manuel Bandeira – Crônicas para jovens

Manuel Bandeira tem uma obra poética vastíssima, que o consolidou como um dos mais importantes nomes da literatura brasileira. Transitou por diversas tendências líricas com grande desenvoltura, mantendo como características o humor e a simplicidade, que sempre garantiram ao leitor se identificar com sua obra. Mas Bandeira foi um verdadeiro artista da palavra. Além de poeta, foi tradutor, crítico, cronista, ensaísta, um intelectual brilhante. Neste *Manuel Bandeira – Crônicas para jovens*, Antonieta Cunha reúne algumas de suas principais crônicas, com uma seleção voltada para o público juvenil.

As crônicas de Manuel Bandeira, assim como a sua obra poética, trazem o tom confessional, de depoimento, marcado por um coloquialismo requintado e uma simplicidade que não permitem ao leitor se equivocar: são traços da bela voz literária de Bandeira. Temáticas como o cotidiano, a família e os amigos estão presentes neste livro, além de crônicas sobre a sociedade e a política, que abrem ao jovem leitor as opiniões de um dos maiores gênios da literatura brasileira.